Vente du Lundi **23 Novembre 1868**

SALLE N° 3

TABLEAUX

ANCIENS

Mᵉ **CHARLES OUDART**, Commissaire-Priseur,

M. EMILE BARRE, Expert.

PARIS — 1868

RENOU & MAULDE

IMPRIMEURS DE LA COMPAGNIE DES COMMISSAIRES-PRISEURS

Rue de Rivoli, 144.

CATALOGUE

DE

TABLEAUX ANCIENS

DES ÉCOLES

HOLLANDAISE, FLAMANDE, ITALIENNE ET FRANÇAISE

PROVENANT

Du Cabinet de feu M. M***

DONT LA VENTE AURA LIEU

HOTEL DROUOT, SALLE N° 5

Le Lundi 23 Novembre 1868

A DEUX HEURES

Par le ministère de M° **CHARLES OUDART**, Commissaire-Priseur,
Boulevart des Italiens, 26,

Assisté de M. **ÉMILE BARRE**, Expert, rue de la Chaussée-d'Antin, 20

CHEZ LESQUELS SE TROUVE LE CATALOGUE

EXPOSITION PUBLIQUE

Le Dimanche 22 Novembre 1868, de 1 heure à 5 heures.

PARIS

RENOU ET MAULDE

IMPRIMEURS DE LA COMPAGNIE DES COMMISSAIRES-PRISEURS

rue de Rivoli, 144.

—

1868

CONDITIONS DE LA VENTE

Elle sera faite au comptant.

Les Acquéreurs paieront CINQ POUR CENT en sus des enchères.

L'Exposition mettant le public à même de se rendre compte de l'état des Tableaux, il ne sera admis aucune réclamation une fois l'adjudication prononcée.

DÉSIGNATION

DES

TABLEAUX

AUBRY

1 — La Dispute au cabaret.
2 — Le Repas champêtre. (Pendant du précédent.)

ASSELYN

3 — Paysage avec ruines; effet de soleil couchant.

ARTOIS (Van)

4 — Paysage avec figures.

BEAUBRUN

5 — Portrait de Marie de Médicis, portant sur la tête
la couronne royale.

BEAUBRUN

5 — Portrait d'une jeune Personne.

BELLANGÉ (J.)

7 — Portrait d'un Seigneur du temps de Louis XIII;
il est vêtu d'un riche costume; il porte une col-
lerette blanche.

BLAIN DE FONTENAY

8 — Vase posé sur un socle de porphyre et entouré
de guirlandes de fleurs.

BREUGHEL

9 — Paysage avec figures.

10 — Paysage avec figures. Pendant du précédent.

BRONZINO

11 — Portrait de Dame en costume du XVIe siècle; riche
bordure de l'époque.

CERQUOZZI

12 — Nature morte.

CRANACH (Lucas. École de)

13 — Groupe de cinq figures dont un personnage tenant
un plat de fruits.

CRÉPIN

14 — Petit Paysage avec cours d'eau.

DENNERT

15 — Portrait de Vieillard en buste.

ANCIENNE ÉCOLE FRANÇAISE

16 — Épisode de la Saint-Barthélemy.

ÉCOLE FRANÇAISE

17 — Jeune Femme coiffée d'un chapeau en paille
orné de fleurs.

18 — Portrait de Louis XIV enfant, vêtu d'un riche costume fleurdelisé.

19 — La Danse villageoise.

ÉCOLE FRANÇAISE

20 — Portrait de Molière.

ÉCOLE HOLLANDAISE

21 — Chevaux au repos.

ÉCOLE ITALIENNE

22 — Saint Jean évangéliste.

ÉCOLE ITALIENNE

23 — Sainte Catherine tenant une palme. Peinture sur
albâtre.

ÉCOLE ITALIENNE

24 — Le Martyre de saint Étienne.

25 — Le Martyre de saint Laurent. Pendant du précédent.

ÉCOLE ITALIENNE

26 — Vue de la place du Vatican, à Rome.

FRANK - HALS

27 — Le Joyeux Buveur.

GILDERMAN (Vincent)

28 — Marine avec figures allégoriques représentant les quatre parties du monde.

VAN HEDA

29 — Nature morte.

HEEMSKERK (Genre de)

30 — Intérieur de tabagie.

HUET

31 — Paysage avec cours d'eau et ruines.

JEAURAT

32 — Nature morte.

KAREL DU JARDIN

33 — Portrait en buste de seigneur enveloppé d'un manteau gris.

LACROIX

34 — Retour de la pêche (site italien).

LAGRENÉE

35 — Danse de Nymphes et d'Amours.

LAQUY (1778)

36 — La Récureuse.

LE GUIDE

37 — Enfant couché sur un lit de repos.

LORY (Philippe)

38 — Danse d'Amours.

39 — Enfants jouant. Pendant du précédent.

MANS

40 — Fête de village au bord d'un canal.

MARAT (Carl)

41 — Enfant Jésus endormi sur la croix.

MIGNARD (Pierre)

42 — Buste de la sainte Vierge.

MOLA (Pierre-François)

43 — Prédication de saint Jean. (Esquisse.)

MURILLO (École de)

44 — Moine en extase.

NIETTENLEITEN

45 — Dame tenant un livre.

OUDRY

46 — Chien poursuivant un canard.

PIAZETTA

47 — Jeune Enfant tenant une souricière dans la main.

PRUD'HON

48 — Portrai de Mme Tallien.

RICCI (Sébastien)

49 — Vœux à saint Antoine de Padoue.

ROLAND DE LA PORTE

50 — Livres et instruments de musique posés sur une
    table.

ROMEYN (Van)

51 — Animaux dans un paysage.

RUYSDAEL (Salomon)

52 — Village au bord d'un canal.

SCHALKEN (Godefroy)

53 — Scène d'intérieur.
54 — Scène d'intérieur. Pendant du précédent.

SCHENEAU

55 — Marché des Innocents. (Étude.)

SCHIDONE

56 — La Mise au tombeau. Tableau d'une admirable cou-
    leur.

STRY (Van)

57 — Paysage avec figures d'animaux.

VELASQUEZ

58 — Bouquet de fleurs dans un vase et guirlande de
    fleurs.

VERKOLIE

59 — Sujet mythologique.

VÉRONÈSE (Paul. Attribué à)

60 — Nègre tenant un plateau de rafraîchissements.

VESTIER

61 — Portrait de Gluck.

WITT (de)

62 — Bouquet de fleurs.

63 — Sous ce numéro seront vendus quelques Tableaux non catalogués.

Renou et Maulde, imprimeurs de la Compagnie des Commissaires-Priseurs, rue de Rivoli, 144.   19384